글벗시선 174 조미남 두 번째 시집

혜화동 달무리

조미남 지음

시집을 출간하며

눈부시게 찬란한 태양열 사이로 시원한 소나기가 폭포수처럼 쏟아진다.

방학을 이용한 나의 두 번째 시집을 출간하기에 가슴 벅찬 기쁨을 감출 수 없다. 평범한 가정주부로서 생활 전선에 뛰어들고 허둥지둥하던 시절도 있었지만, 흔들리지 않고 초지일관 배움의 길이란 가장 소중한 길이며 유일한 선택이라는 것을 부정할 수가 없다.

세상에 태어나서 시인이라는 이름으로 많은 시집을 탐미하고, 어려움을 무릅쓰고 늦으나마 학구에 열중하다 보니 또 하나의 평생의 소원이던 만학의 길에 얻어진 소중한 보물 같은 결과라고 할 수 있다. 녹슬지 않는 학문이라면 그 빛나는 시인의 길의 여정에서 멈추지 않고 노력한 대가라고 서슴없이 말하고 싶다. 시인으로서의 꿈은 순수문학으로 문학의 본질적인 나의 내면에 있는 심상을 끄집어내어 얽혀있는 사연이나 주장 또는 이념들을 독자들과 공감하는데 그 뜻이 있다고 할 것이다. 예술이 추구하는 목적은 상처받은 인간성 회복과 자연에 대한 찬미와 감동으로 정교하고 함축된 언어로 교감하고자 하는 서정의 표현이라고 말 하고 싶다.

가을이 다가오는 계절 발자국을 옮기면서 나의 두 번째 시집을 들고 지나간 추억을 더듬고 참된 삶의 여심을 가다듬고 싶다. 먼저 나를 시의 세계로 이끌어 주신 문예춘추 이양우 이사장님과 김은자 회장님, 그리고 서평을 써 주신 글벗문학회 최봉희 선생님께 감사드리고 싶다.

나의 시집이 누군가의 위로가 되고 벗이 되기를 희망한다. 내가 여기까지 오는 동안 나를 태어나게 해주신 부모님과 형제들 늘 힘이 되어 준 남편 이복식과 장남 이경일 김효정 부부, 차남 이성로 편효정 부부, 큰딸 이경진 박성배 부부, 작은딸 이경미 신동렬 부부에게 고마움을 전하고 싶다.

2022년 9월 2일
혜화동 본가에서 청난 조미남 지음

차 례

■ **시인의 말** 시집을 출간하며 · 3

제1부 나 하나의 사랑

1. 가끔은 · 13
2. 가족보다 소중한 것은 없다 · 14
3. 겨울나무(1) · 15
4. 겨울비 · 16
5. 구름이 펼치는 예술 · 17
6. 귀 기울이면 · 18
7. 그런 사람 · 19
8. 그리움 · 20
9. 기차여행 · 21
10. 꿈을 가져라 · 22
11. 나 하나의 사랑 · 23
12. 나를 믿는다 · 24
13. 나에게 힘을 주는 사람 · 25
14. 나의 아버지 · 26
15. 내 마음에 비 · 27
16. 내 마음 · 28
17. 내 안에 · 29
18. 노년의 벗 · 30
19. 눈치는 초능력 · 31
20. 임 · 32

제2부 물보다 가슴이 먼저 끓는다

1. 단단해지는 삶 · 35

2. 담쟁이덩굴 · 36

3. 당신 참 예쁘다 · 37

4. 마음의 커트 · 38

5. 말없이 사랑하라 · 39

6. 망각 · 40

7. 멋진 인생 · 41

8. 목적지 · 42

9. 물보다 가슴이 먼저 끓는다 · 43

10. 뭘 해도 · 44

11. 바람 불고 잎 떨어져도 · 45

12. 변화의 전환 · 46

13. 봄의 향기 · 47

14. 봄이 오는 길목 · 48

15. 봄이 오는 빗소리 · 49

16. 부모 · 50

17. 비에게 · 51

18. 사랑합니다 · 52

19. 사랑이 빚는 예술 · 53

20. 사명 선언 · 54

제3부 시가 싹튼다

1. 산행 · 57

2. 삶을 아름답게 · 58

3. 삶의 신비 · 59

4. 삶의 소중함 · 60

5. 삶의 지혜 · 62

6. 새로운 도전 · 63

7. 숲속의 오케스트라 · 64

8. 쉬운 것은 없다 · 65

9. 시가 싹튼다 · 66

10. 시절 인연 · 67

11. 아름다운 도전 · 68

12. 야생초 · 69

13. 어머님의 사랑 · 70

14. 어찌하랴 · 71

15. 이렇게 살아요 · 72

16. 이슬비 · 73

17. 지친 하루 · 74

18. 진정한 인간의 길 · 75

19. 천 톤의 말보다 1그램의 실천 · 76

20. 추억의 조각 · 77

제4부 마음으로 여는 아침

1. 풀잎 · 81

2. 품앗이 · 82

3. 함께였으면 · 83

4. 호수 · 84

5. 힘내 · 85

6. 힘내자 · 86

7. 가을바람 · 87

8. 겨울나무(2) · 88

9. 관계 · 89

10. 구슬 · 90

11. 그리움 · 91

12. 그리움은 사랑으로 · 92

13. 그리움이 아플 때 · 93

14. 기억 · 94

15. 꽃망울 · 95

16. 나만을 위한 시간 · 96

17. 나만의 길 · 97

18. 나잇값 · 98

19. 돌아보지 않는 삶 · 99

20. 마음으로 여는 아침 · 100

제5부 참 좋은 당신

1. 모든 사람은 · 103
2. 무겁지 않게 · 104
3. 무릎 · 105
4. 물안개 · 106
5. 배운다는 것 · 107
6. 붙박이 이별 · 108
7. 뿌리 깊은 나무 · 109
8. 소유욕 · 110
9. 스친 인연 · 111
10. 아름다운 언어 · 112
11. 아프다고 말할 때 · 113
12. 여지 · 114
13. 유의미하게 · 115
14. 지지 않는 꽃 · 116
15. 진실의 눈 · 117
16. 참 좋은 당신 · 118
17. 책과 사람 · 119
18. 침묵할 줄 아는 사람 · 120
19. 품위 · 121
20. 혜안 · 122

■ 서평 삶의 깨달음을 찾는 배움 여행 / 최봉희 · 123

제1부

나 하나의 사랑

가끔은

너무나 보고 싶지만
이곳에서 돌아서자

가끔은 바람이 준 세월의 무게
무던한 바람의 흔적이 빚어낸
흔들림과 서걱서걱 바람 스침까지

기분 좋은 산행길
보고 또 보아도 너무나
멋진 길과 풍경 높은 산등성이에서
바라본 광활한 넓은 평야

신선도 쉬어갈 듯한 아름다운 풍경에
흠뻑 젖어 들어 감탄사 절로 나오고
아쉬움을 뒤로 한 채

잘 있기를 인연 따라 또 올게

가족보다 소중한 것은 없다

늘 가까이서 마주 보며
함께 생활하는 사람인지라
흔히 소중함을 잊고 지낸다.

서로 바라보고 지켜주며
마음의 의지가 되는 사람이 없다면
세상 속에 홀로인 것처럼
외롭고 공허할 뿐

비록 무심하고 뚝뚝한 남편이지만
서로에게 보이지 않는 그늘이자
버팀목인 아내와 남편이란 이름으로

꿈과 소망을 키우며 꿋꿋하고
당당하게 살아갈 수 있는
힘의 원천이 사랑하는 가족이다

겨울나무(1)

나뭇잎 하나 없는 겨울나무는
눈보라 비바람 이겨내고
인고에 눈 녹듯이 봄을 기다리네

겨울나무 사이를 통과하는
하얗고 맑은 구름은
나의 구름일까 망상하고

매서운 추위에 웅크리면서
자신의 봄을 준비하는
나무의 꽃눈과 잎눈은
봄을 기다리네

겨울비

겨울비 촉촉이
적셔주는 대지 위에

다사다난했던 시간 속에
우리는 세월을 타고

인생은 추억을 싣고
노를 저어 새로운
여행지로 향해 떠나고 있다

구름이 펼치는 예술

하늘 한번 쳐다봐
구름 쇼를 보는 건
시간이 아까울 게 없잖아

하늘에서 펼쳐지는 환상적인 구름 쇼
오랜만에 보는 가슴 설레는 풍경
수만 가지 형용할 수 없는 형상들
감탄사가 절로 나오고

멋지고 아름답고 시원함을
한 몸으로 받고
오늘처럼 무료하고 지친 날
활력소가 되어 주기도 하거든.

귀 기울이면

가만히 귀 기울이면
톡 톡 톡
창문 두드리는 소리

생명이 살아 숨 쉬는
연두색들의 장단처럼
기쁨의 소리

가만히 귀 기울이면
울창한 숲길에 벌레들의
합창처럼 내 마음의 소리

가만히 귀 기울이면
빨간 감 연시 되어 친구들
불러 모으는 즐거움의 소리

가만히 귀 기울이면
앙상한 가지에 꽃을 피우고
하늘에서 눈이 내려와
뽀드득 뽀드득 경쾌한 소리

그런 사람

조금 열어 놓은 창문 늘어진 커튼 사이로
들어오는 아침 햇살에 눈을 떴을 때
제일 먼저 떠오르는 사람

점심 먹고 자판기 커피 한잔하며
쉬는 시간에도 문득 떠 올라
미소 짓게 하는 그런 사람

이른 퇴근길이면 저녁이나 같이 먹자며
전화로 불러내서 맛있는 밥도 먹고
후식으로 차 한잔하고 싶은 사람

잠이 오지 않는 밤 밤하늘에 별을 보는데
별과 함께 반짝이며 떠오르는 사람

깊은 밤이지만 전화해서 사랑한다고
보고 싶다고 나직이 속삭여 주고 싶은 사람

비 내리는 날엔 그리움이 더해가는
그런 사람 사랑하고 싶어라

그리움

내가 가는 길모퉁이
쏘옥 내민 그리움이여
나는 무엇이 그리운 걸까

나는 무엇을 바라는 걸 까
나의 외로움까지 먼저 알아채는
고독한 한 사람이 그리운 거지

그의 심장은 한없이 따뜻해서
안겨도 춥지 않으리라
그리움으로 시작해서
기다림으로 문 닫는다

기차여행

기차를 타고 가다가
뒤돌아봤을 때 지나온 길은
굽어진 길이 연속이며

타고 갈 때는 직진이라고 여겼는데
돌아보면 굽어 있고
나 또한 자만하거나
자랑할 것이 별로 없다

다만 내가 가고 있는 길이
바른 삶에 조금씩 가까워
지도록 노력하며 순리에 맞게
살아가면 조금은 늦을지라도
바른길로 찾아가는 것이다

꿈을 가져라

꿈을 가져라
깨져도 그 조각이 크다
여유가 없어서 너무 나이가 많아서
시간이 없어서 이유는 참 많다

하지만 세상에는 공짜가 없고
시도조차 하지 않으면
그 어떤 것도 이룰 수 없다는 걸
작은 마음가짐 하나 움직임 하나가
어느새 시작이라는 날개를 달게 된다

묻어버리기에는 아까운
간직했던 꿈을 과감하게
끄집어내 당장 작은 것부터
하나씩 하나씩 이루다 보면

시간이 흘러 어느새 꿈이
눈앞에 보인다
도전하지 않고 노력이 없이는
아무것도 이루어질 수 없다는 것을

나 하나의 사랑

내가 가진 나 하나의 사랑에
그대를 얻지 못한다 해도
내게 사랑을 꽃을 품게 한
사실만으로 나의 소중한 은인이다

내가 가진 사랑은
주어도 아낌없이 네게 주듯이
보답을 바라지 않는 선한 마음으로
어차피 사랑하는 것조차 그리워하고

기다리고 애태우고 타인에게 건네는
정성까지도 내가 좋아서 하던
아주 보잘 건 없지만
영원히 빛바래지 않는
믿음직스러운 미소이다

나를 믿는다

내리는 비 하염없이 맞고
흠뻑 젖어 들 때 깨닫게 된다

비를 맞는 게 아니라
씻기고 있는 거였구나

나 자신을 믿고 토닥이며
응원하며 공감하며
미소 지으며 최선을 다한다

나에게 힘을 주는 사람

나에게 힘을 주는 사람
그 사람만 생각하면 힘이 솟는다
어떠한 어려움과 고통이 있어도
그 사람만 생각하면 힘이 솟는다

부모님을 생각하면 자랑스러운
딸이 되기 위해 열심히 노력하며

아이들을 떠올리며 든든한 버팀목이 되고
더 좋은 환경을 만들어 주기 위해
무한 긍정에너지로 행복한 삶을 위해

나에게 인내하며 노력할 수 있도록
힘을 주는 우리 가족들 모두 새롭고
활기차게 건강했으면 좋겠다.

나의 아버지

일찍 일을 마치고
돌아가는 빈손이 서글퍼
과일 봉지 사 들고 돌아가면

가끔 생각나네
아버지가 퇴근길에 사 오시던
뜨거운 붕어빵 한 봉지

그날도 고된 일을 마치고
아이들이 행복해하는
모습을 보고 나서
이제야 아버지를 이해하네

내 마음에 비

비바람이 심하게 몰아치던 날
우산을 쓰고도 반쯤 젖어
짜증 섞인 마음으로
엘리베이터에 오르는데

이제 막 내려서
밖으로 나가는 사람들
와 와 하면서 비를
맞으며 즐거워 한다.

그래, 즐거운 사람들은
뭘 해도 즐거운 법이지
사실은 비가 성가 셨던 게
아니라 내 마음이
흐린 탓은 아니었을까

내 마음

좋은 꿈도 희망도 행복도
그를 예쁘게 보려는 내 마음만은
누구도 빼앗을 수 없는 나만의 것

특별한 날은 아닌데
내 마음 예뻐져서
내 주변 누구라도
예쁜 마음 예쁜 꽃으로

내가 온전히 나일 수 없음을
내 안에 그대가 있기 때문이다

내 안에

기다리던 꽃 시절 지나 바람만 쓸쓸하고
빛나던 그리움도 손에 잡히면 스러지네

멀리서 아름답던 것들도 다가서면 밋밋하고
아름다워 그리운 것은 드러나면 멀어지네

서편 노을로 저문 해가 동쪽에서 뜨는 까닭은
세상이 새로운 것에 손짓하기 때문이라지만

아름다운 것은 아름다운 대로
그리운 것은 그리운 것대로

늘 내 마음에 있어야 마음 부자인 것을
아, 나는 깨달았다네 오늘에야

노년의 벗

사랑도 그리움도 사라진
인생 나이 육십이 훌쩍 넘어서면
얽매인 삶 풀어놓고 여유로움에
노을 진 나이에 자유를 찾아
기쁨도 누리고 건강도 하여

술 한 잔 속에 정도 나누며
젊음의 의욕 넘치는 활력으로
산과 바다에도 가고
함께 여행할 수 있는 여정
황혼의 나이에

칠순을 바라보는 나이에도
언제 어느 때나 만날 수 있는
남은 세월 가꾸어 갈 수 있는
그런 벗과 함께할 수 있다면
즐거움과 행복한 삶이지 않을까

눈치는 초능력

살면서 눈치는 유연한 인간관계를 위해
다른 사람의 생각과 느낌을 순간적으로
파악하는 기술

눈치가 빠르다는 것은 새로운 단어
몸짓 표정 등 예측한 내용을 계속 재조정하면서
상황을 파악하고 적절히 대처한다는 의미
눈치에는 속도가 필수다

특권이나 좋은 인맥 내세울 만한 학벌이 없어도
눈치를 길러 자신의 운명을 바꿀 수 있다

임

물안개 자욱한 길로
살포시 임의 걸음
내 입술에 내려앉아

환상의 꿈밭에서
한밤 내내 그리움에
잠 못 이루고

보고 싶은 마음
임의 가는 곳 향해
임의 곁으로 가만가만
다가갑니다

제2부

물보다 가슴이 먼저
끓는다

단단해지는 삶

대나무는 두꺼워지는 게
아니라 단단해지는 삶이다

더 이상 자라지 않고
두꺼워지지도 않고
다만 단단해진다

대나무는 인고의 세월을
기록하지 않고
아무런 흔적을 남기지 않는다

대나무는 나이테가 없다
그 속은 비어 있다

대나무는 맑고 절개가 굳으며
마음을 비우고
지조와 강직함을 지닌다

담쟁이덩굴

너의 생명은
참으로 경이롭다
끊이지 않는 투쟁이 있다

너의 삶은 정말
충분하게 존경스럽다

꺾이지 않고 굴하지도 않는
딱 한 가지 집념의 전진처럼

가다가 가다가 벼랑 끝이라도
그 끝을 넘어선 불의 투혼의 힘

담벼락에 붙은 사생결단인 양
옹고집의 집념 담쟁이덩굴

당신 참 예쁘다

여린 것 같으면서도 씩씩하고
차가운 것 같으면서도 따뜻하고
무심한 것 같으면서도 속 깊고

당신 볼 때마다 마음에 감동이 밀려와
한마디 말에도 상대를 생각하는 깊은 배려심이
느껴지는 무엇보다 당신을 좋아하는 이유는
힘든 내색을 하지 않고 밝다는 거야

그 속마음은 오죽할까 싶어 안쓰러움이
앞서기도 하지만 그래도 웃을 줄 알고
괜찮다고 말하는 당신이 참 예뻐서
한 번쯤은 깊은 속내도 털어놓고
마음의 짐을 내려놓았으면 해

사람 사는 건 다 상처를 안고 살아가
그럼에도 불구하고 힘낼 수 있는 건
좋은 사람들이 곁에 있어서일 거야
참 예쁜 당신 오늘은 내가 위로가 되어 줄게
작은 내 어깨를 내어 줄게

마음의 커트

산뜻해지고 싶어
미용실을 찾았다

개량도 아니고 수리 정도였는데
드라이에 흩날리는 머리카락처럼
한결 가벼워졌다

깔끔하게 정돈을 해야 할
마음의 커트는 언제

말없이 사랑하라

자꾸 겉으로 드러나지 않게
조용히 사랑하여라

사랑이 깊고 참된 것이 되도록
말없이 사랑하여라

아무도 모르게 숨어 봉사하고
눈에 드러나지 않게 좋은 일을 하여라

꾸지람을 듣더라도 변명하지 말고
말없이 사랑하여라

그리고 침묵하는 법을 배워라

망각

자기를 아는 자는 남을 원망하지 않고
시기와 질투를 하지 않는다
복은 자기에서부터 싹트고
화도 자기로부터 나오는 것

세상을 보고 싶은 대로 보는 사람은
세상을 보이는 대로 보는 사람을
절대로 이길 수 없다

사람이 살아가는 데는 경험과 연륜으로
지혜를 가지고 사람의 심리를 파악할 수 있다
남의 말에 팔랑 귀 되어 똑같이 행하면
그 사람은 그만큼의 자기의 가치일 뿐이다

성품은 즐거움과 고통을 절제하는
방종 하는 사람이다
시기와 질투는 곧 자신이 망각에
사로잡혀 있기 때문이다

만족할 줄 아는 지혜가
이성에 따른 행복이다

멋진 인생

가장 현명한 사람은
늘 배우려고 노력하는 사람
준비된 만큼 생이 아름답다

내 인생은 나의 것
멋진 인생은 뜻대로 되지 않아
내가 만든다

정말로 내가 하고 싶은 것이
무엇인지 생각하고
지금 바로 실행하라

지금 창조하는 모습이
나의 미래의 모습
동화 속에 순수한
멋진 인생을 꿈꾼다

목적지

목적지를 향해 정진하는 사람은
달리면서도 달콤함을 포기하지 않는다

지식은 누구나 배울 수 있지만
깨달음은 누구에게나 오지 않는다

마음의 감정을 선명하게
표현할 줄 아는 사람

꽃보다 시보다 더 향기롭고
아름다운 사람이다

목적지를 향해서 달리는 사람은
아무리 옆에서 조롱해도 흔들리지 않는다

꿈꾸는 사람의 용기와 아름다움은
전에는 올려다보지 못했던
아득한 높이를 성취하게 된다

물보다 가슴이 먼저 끓는다

이것이 내 몸에 독이 된다면

목숨의 한 귀퉁이 떼어주고

이것이 혹시라도 약이 된다면

묵혀둔 먹빛 울음 타서 마시리

주전자에 두어 컵 순수한 물이 끓고

나는 지금 껍질 채 가라앉고 있다

* 일제에 을사보호조약으로 대한제국이 병탄 당할 때 장지
연 선생이 분연히 떨쳐 일어나 황성신문에 "시일야방성대곡"을
피를 토하듯이 쓰셨습니다.

뭘 해도

곁에 머무르는 사람들이
나의 빈곤과 결핍을
채워주는 존재임을

똑같은 날은 없어
언제나 새로운
오늘이 있을 뿐이지

바람 불고 잎 떨어져도

바람이 분다고 바람 따라
어디로 갈까 갈팡질팡
흔들리지 마세요
바람도 가는 길이 있나니
함부로 부는 바람이 아니랍니다

고운 잎 떨어져 바닥에 뒹군다고
안타까워하지 마세요
마른 잎 다 떨어지고 나면
다음 계절과 만나리니
그대가 떨어지는 것은 아니랍니다

낙엽 진다고 저무는 게 아니니
서글퍼 하지 마세요
땅에 묻히고 스며들어
살이 되고 거름이 되리니
그대 삶이 지는 것은 아니랍니다

변화의 전환

혼돈의 팬데믹 상황애서
코로나19는 보이지 않지만
그의 충격은 여실히 목격되고 있다

월세를 못 내는 자영업자의 눈물
직업을 잃은 가장의 처진 어깨
실적 압박을 견뎌야 하는 한숨 소리

코로나 시대에 살아가는 것이 아니라
살아내는 시간이었다
경제의 전환이 빠르게 변하고 있다

세상의 중요한 업적 중
대부분은 보이지 않는 상황에서도
끊임없이 도전한 사람들이 이룬 것이다

봄의 향기

텅 빈 거리를 떠도는
메마른 낙엽도
따스한 봄을 기다리는데

새하얀 눈꽃 아래
나뭇가지가
외로움에 떨고 있네

성큼 다가오는 봄의 향기에

봄이 오는 길목

영하권의 싸늘한 날씨가
옷깃을 여미게 하지만
어디선가 살며시 다가오고
있을 봄이 기다려지는 마음

따스함 가득 품고
오늘의 행복 잔뜩 안고 계실
내 가슴 흔들리는 봄바람 기다려지네

차가운 가슴에는 따스함을
텅 빈 가슴에는 풍족함을
외로운 가슴에는 사랑을
가득 채워줄 따뜻한 햇살과 함께

봄이 오는 빗소리

간밤에 빗소리
땅속으로 스미어
더욱 봄을 가깝게 하고

잠자던 가지에
새순이 꿈틀꿈틀
신록을 꿈꾸네

예전에 그냥 스쳤던
자연의 이치가
눈앞에 훤한 건
세월 탓인가 부다

앞서지도 뒤서지도 말고
지금처럼 철 따라 가보자꾸나
세월의 리듬 타고서

부모

우리의 생명의 어머니는
언덕이고 뿌리이기 때문에
기대고 싶은 것인가

황새가 둥지를 떠 난지 한 시간쯤 지났을까
산등성이를 넘어와 둥지 탑 위를
두어 바퀴 선회하더니 사뿐히 내려앉았다

부부가 인사는 잠깐 삼켜온 먹잇감을
게워내 새끼에게 먹이는 동안
다른 한 어미는 결연히 또 사냥을 떠난다
어미란 그런 것이다

비에게

넌 울고 있는데
난 네가 반가워 웃고

넌 그칠 줄 모르는데
난 멀리 생각조차 없고

기다린다고 보고 싶다고
볼 수 있는 네가 아니기에

이기적인 욕심으로
흐느끼는 널 안아주지 못한다

사랑합니다

생각만 하여도
얼굴 가득 미소가 어리는
장미꽃처럼 정열적인

돌아보아도 언제나 그 자리에
서 있는 변함없는 소나무처럼
언제나 지치지 않는 은은한 사랑처럼

내가 누군가 필요할 때
나를 위로해 주고
당신이 외로울 때 마음 안에
가득히 남겨지는 예쁜 모습으로

세월이 변하고
우리의 모습이 변해도
서로가 배려하면서
만족과 행복으로 미소 짓는
당신과 나 사랑합니다

사랑이 빚는 예술

지나고 보면
잘되는 비결은 단순하다

중요한 건
나 스스로 선택해서
한 사람 것만 읽고 배우며
깨닫고 성장하는 과정에서

내가 믿고 신뢰하는 사람의 말을
잘 경청하고 집중해서 읽고
그중에서 핵심적인 내용을 일상에서
그대로 실천하고 노력하면 된다

인생은 결국 그 소중한 사람을
만드는 일상 속의 사랑이 빚는 예술이다

나는 언제나 혼자가 아님을…

사명 선언

세상 속에 내가 있다

세상은

내가 어떻게 보느냐에 따라

아름다울 수도 있고 아닐 수도 있다

매 순간 삶을 의식하고 감사하라

시각을 바꾸면 삶이 아름다워진다

제3부

시가 싹튼다

산행

진초록의 산행길 굽어진 산비탈
향긋한 풀 내음과 졸졸 흐르는
계곡의 물소리에 발을 멈춘다

송사리 떼 떼를 지어 지느러미
한들한들 춤을 추고 가재는
바위 밑에 숨어 숨을 고른다

힘들었던 내 발을 계곡물에 담그면
어느새 땀방울은 식어가고
한여름 햇볕이 내리쬐지만 각양각색
꽃과 나무들이 주는 초록은 힐링을 주네

삶을 아름답게

말과 행동이 화려해지는 것을 경계하라
그것은 때론 무능의 증거가 되기 때문이다
약한 것은 강해지고 작은 것은 결국 성장한다

순리를 따르면 모든 것이 편안해진다
나의 선택 나의 책임 겸손
말을 할 때와 닫아야 할 때를 구별할 줄 알면
내 삶 또한 괜찮은 삶이다

말과 행동 입을 닫는 절제 입을 닫고
때를 기다리는 자세
삶이 열린다
상처 입은 나무가 단단한 법이다
세상이 네게만 모진 거라고
생각하지 마라
다 그만한 이유가 있을 것이다

삶의 신비

삶은 놀라운 신비요
빛나는 아름다움이다
내일을 걱정하고
불안해하는 것은
오늘을 제대로 살지 않고
있다는 증거이다

삶의 신비는
삶에 발현되는 모든 것이
고통과 실패로 인해
좌절과 적대감 분노 노여움 불만도

웃으면서 세상을 바라보면
다 우습게 보이기에
웃고 사는 한마음이
가난해지지 않는다

오늘을 마음껏 살고 있노라면
내일의 근심 걱정을 미리
걱정할 필요가 없다

삶의 소중함

하루를 별 의미 없이
보내고 있는 삶을 돌아본다

곁에 있을 때 소중함을
느끼지 못하다가 떠나거나
잃고 나서야 후회하는 어리석음을

수없이 반복하고 있는 바보같이
미로 게임처럼 신비스럽지도 않고

답을 아는 방정식 풀이처럼
치열하지도 않고
결말을 아는
영화처럼 시시하기도 하고

짧은 행복을 위해서
무모한 열정을 쏟아부은
나를 보면서
후회와 반성이 두렵기도 하고

사력을 다해 살아도

답을 찾지 못할 터인데
그 미로 가운데서 앞으로만 나아가는

나를 발견하는 이 길이 진정
끝이 보이는 길인지 생각해 본다

인생은 정해진 길을 따라 방법만 다르게
가고 있는지도 모르면서

삶의 지혜

자신이 가지고 있는 아름다움과
남에게 있는 소중한 것을
아름답게 볼 줄 아는 선한 눈으로

삶의 지혜가 무엇인지 바로 알고
잔꾀를 부리지 않으며
나 아닌 다른 이의 입장에서
생각할 줄 아는 배려가 있는 사람

잠깐의 억울함과 쓰라림을
묵묵히 견디어 내는 인내심을 가지고
진실의 목소리를 낼 수 있는

꾸며진 미소와 외모보다는
진실한 마음과 생각으로 자신을 정갈하게
다듬을 줄 아는 지혜를 쌓으며
행복해할 줄 아는 소박한 마음을
가진 사람이면 좋겠다

새로운 도전

새로운 도전을 시작하려는 나에게
실패를 두려워하지 않는 나에게
또다시 용기를 내려는 나에게

호기심을 갖고 디테일하게
꾸준함을 실천하려는 나에게
행운이 함께 하기를

개강이 코 앞이다
또 달리고 달려야지

숲속의 오케스트라

숲속의 나무들 음악 소리 울리고
새들은 모두 노래를 하네

이 푸른 숲 오케스트라에서
시종 고개를 끄덕이는
저 도요새 아니면 늘 뻐꾹대는
뻐꾸기

모두가 노래를 연주하는 동안에
마치 지위 하듯 앉아있는 황새는
그 긴 다리로 지엄하게 총감독이 앉아있네

난 느끼지. 어떻게 그가 박자를 치는지
그리고 나는 믿는다 그 이름 사랑이라고

쉬운 것은 없다

세상에 쉬운 걸음은 없다
무슨 일이든지 첫걸음이 어렵다
나이 60이 넘어 새로운 도전을 한다

항상 새로운 마음으로
제 한 몸 불꽃처럼 열성적인 마음으로
열심히 글도 쓰고 공부도 하면서
무엇이든지 배우는 즐거움

삶이 가져다주는 행복과 슬픔을
공유할 수 있는 따뜻한 만남 속에서
배울 수 있는 따뜻한 지름길이다

시가 싹튼다

나의 시를 보고 읽으니 알겠다
내 마음에도 시가 싹튼다는 걸

봄처럼 새싹들이 돋아나듯이
스쳐 가는 많은 것들이 공감되어
내 가슴에 꽃이 피듯이 피어난다

인생길에서 삶과 가치를
어떻게 보아야 하는가
그 답을 찾아 시가 흐르고 있다

맑은 영원 속에서
곱게 자란 시어들이
내 몸 전체로 뻗어나간다

시절 인연

오늘의 실패가 있었기에
지금 힘겨운 소통을 이겨내고
내가 받고 있는 멸시와 비난이
얼마나 아픔의 큰 상처인 줄 알기에

나는 지금 일상에서 안주하지 않고
작은 평화라도 찾아오면 큰 기쁨으로 삼고
지금 느껴지는 외로움 때문에
더욱 사람을 귀히 여기며 가깝게 다가가

앞으로 실력을 높이면서
남에게 불평불만을 하지 않을 터인데
내 앞날이 더욱 빛나 나를 더욱 성숙시켜
자존감이 당당하게 피어나 만족할 줄 아는
지혜가 이성에 따른 행복이다

세상에서 강제할 수 없는 두 가지가 있다
존경과 사랑이다

아름다운 도전

어느 세상에나
인간 본인의 진실이 있고
진실은 마침내 통하게 마련이다

꼭 만족할만한 성과를 얻기 위해
도전하는 것은 아니다
최선을 다한다면 얻을 수도 있고
얻지 못할 수도 있다

하지만 도전은 반드시
자신의 세계를 넓히게 마련이다
그것이 중요한 것이다

야생초

사람을 생긴 그대로 사랑하기가
얼마나 어려운지를

세상을 있는 그대로 보기가
얼마나 어려운지를

이제야 조금은 알겠다
평화는 상대방이 내 뜻대로 되길
바라는 마음을 그만둘 때이며
행복은 그러한 마음이 부딪힐 때이다

어머님의 사랑

추수가 끝나면
어머님께서 올라오신다
못 입는 옷고름으로
질끈 동여맨 보따리에는
손 땀 어린 정성이
따사로운 사랑이
한가득

자식들 먹일 생각으로
지팡이 짚고 산비탈 누비시며
고사리 꺾으셨겠지
나물 뜯으셨겠지

앙상한 손으로 쪼그리고 앉으셔서
이건 작은 아들내미
그건 막내아들
저건 큰딸

그러나
"옜다 제일 많은 것
우리 큰 며느리 몫이다"
어머님의 주름진 미소에는
내가 한가득

어찌 하랴

어찌 하랴
살다 보니 이 모양
이 꼴인 것을

누가 아랴
세상도 모르는 나를

구름처럼 살다가
바람처럼 사라지는 것이
인생인데

나를 채우려고만 하지 마라
조금 부족한 듯 사는 것이
인생이다

어쩌면 허술하고
모자란 듯 보이지만
가슴은 뜨거운 꽃이 핀다

어찌하랴 인생아
내가 가진 인생인 것을

이렇게 살아요

머리에는 지혜를
얼굴에는 미소를
가슴에는 사랑을

단점에는 좌절하지 말고
열심히 노력해서
장점으로 승화시키는

당당한 모습으로
아름답게 살아요

이슬비

이른 아침 산과 들의
조금 축여준 이슬비가
아쉬운 대로 물기를
머금은 바람이 불어와

가뭄과 더위에 지친
산과 들에 적시는 이슬처럼
물기를 품고 마른 잎사귀를
어루만져주는 바람처럼

조금이나마 힘이 되고
위로될 수 있는 나무들
음악 소리 울리고
푸른 숲 새들 노래를 하네

지친 하루

지친 하루를 주머니에 넣는다
밤새 숙성된 서러움은
행거 위에서 말라가고

만 원짜리 지폐가 끝없이
나오는 마술사의 주머니를
꿈꾸며 잠이 든다

질투와 사랑의 달콤함도
욱여넣고 그리움의 마음도 담아낸
주머니는 마음만큼 헤져가고

깊은 밤 희망의 꿈을 안고
내일을 향해
포근히 잠을 청해 본다

진정한 인간의 길

산에 오르는 사람들이
산에 대한 향수를 지니고 있듯이

산에 오르는 사람들은 누구보다도
산으로 내딛는 향수를 지닌다

산에는 높이 솟는 봉우리와 깊은 골짜기
나무와 바위 시냇물과 온갖 새들이며 짐승

안개와 구름 바람 산울림 무수한 것들이
서로 어울려 영원한 나그네만 설레게 한다

천 톤의 말보다 1그램의 실천

방법이 없는 것이 아니라
　'생각'이 없는 것이다

답이 없는 것이 아니라
　'치열함'이 없는 것이다

능력이 없는 것이 아니라
　'열정'이 없는 것이다

멀리 볼 줄 알아야 많은 것을 얻는다

추억의 조각

샛노란 은행잎
바람 타고 팔랑 떨어진다

책갈피로 곱게 말려
멋진 글귀 씌어
설렘으로 주었던
그 시절

흐뭇한 그의 모습은
계절을 타고
내 등 뒤로
넘겨지고

맑은 공기처럼
한결같은 마음으로
그 자리에 있는
소중한 기억들을
하나씩 꺼내어 본다

까만 밤하늘에 무수히 수놓았던
가슴 속 깊이 담아둔 추억이
새록새록 펼쳐진다

제4부

마음으로 여는 아침

풀잎

풀잎 위에 이슬방울
또르르 굴러
실바람처럼 눈썹을 스치더니
한줄기 눈물 되어 가슴을 적신다

몸을 때리는 비바람
방황하는 꽃잎들처럼
은방울같이 대롱대롱
풀잎에 젖어

어둠 속에 힘없이 이슬이 지듯
돌고 있는 낡은 선풍기처럼
무언의 항변 속에
여름은 점점 깊어만 가네

품앗이

우려 문화는 품앗이 문화인 것처럼
서로 나눌 수 있는 마음이 아름답다
한잔의 커피와 잔잔한 미소가
오가는 마음이 아름답다

지나친 경쟁과 욕심은 많은 것을 잃고
삶의 끝부분이 다가와도 그대는 알지 못한다
나만을 위한 인생은 존경받을 수가 없어서
나눔의 고마움은 멀기만 하다

아름다운 삶이란 나의 따뜻한 곳에서
시작하고 축복도 나의 지혜와 은혜이다

함께였으면

말없이 마음이 통하고
말없이 서로 챙겨서 도와주고
그래서 늘 고맙고

병풍처럼 바람을 막아 주지만
나무처럼 늘 그 자리에 있는
나무처럼 늘 함께였으면

산이 높아서 물이 깊고
푸르게 만들어 주듯이
그래서 늘 함께였으면

산은 산대로 물은 물대로
있지만 그래서 아름다운
풍경이 되듯이 늘 함께였으면

호수

한잔 술에 내 인생을 비우고
한 모금 두 모금 잔을 비워가고
나는 내 인생을 비우고 있는 중이다

잔을 비울 때마다
지나온 내 인생의
발자취를 하나하나 지우며

살아온 날보다
앞으로 살아갈 날을 걱정한다

힘내

오늘 하루도 정신없이
달리느라 다리가 아프다

집에서는 아이들 성화에
눈코 뜰 새 없이 바쁘고
표도 안 나는데

집안 살림하느라고 힘들고
직장에서는 잘한다고 해도
상사한테 늘 야단맞고

마음 쉴 곳 없어 공허할 때
잠시 눈감고 나에게 말을 걸어 본다
힘내 내일이 있잖아
살다 보면 좋은 날이 올 거야

힘내자

더 힘내자
나도 함께 힘낼게

너라면 이겨낼 수 있어
내가 일어설 때까지 곁에 있을게

요즘 그 정도는 다 힘들지
상황이 좋아질 때까지
나도 함께 도울게

가을바람

산들산들 가을바람
형형색색 단풍잎
나비처럼 사르르 떨어지네

아늑해 보이는 집안에
가족 모두 옹기종기 모여서
맛있는 식사를 하네

밖에선 아름다운 단풍잎
마음껏 뽐내며
마지막 자신을 자랑하네

지나가던 나그네 바쁜 걸음에
가을바람 불더니
나그네 모자 휙 날아가네

가을바람이 화났나 보네

겨울나무(2)

꽃 잔치 받치던 잔가지들
뻗으려 애쓰던 가지의 끝들은
꽃도 잎도 열매도 떠난 겨울

지금에야 나는 보았네
푸르던 그늘 아래 벌레 먹던 자리를
가지를 잃은 상처들
상처마다 무심한 딱정이들

꽃도 잎도 열매도
떠난 지금에야 나는 보았네
쓸쓸해 보이지만
굳건해 보이는 가지들
앙상하고 초라한 겨울나무

관계

산다는 것은 늘 좋은 일만
있는 것은 아니다
부딪히고 깨지고 다치는 관계 속에서
아린 가슴 부여잡고
스스로 문을 걸어 잠그지만

부당한 처사에 침묵으로
일관하지 않고 당당히 맞서는 용기로
다시 햇살처럼 나와야 한다

나올 수밖에 없는 그리움으로
눈에 빤히 보이는 길이지만
혼자 걸어갈 수 없어
우리는 또 관계를 반복한다

구슬

맑은 물방울 하나
구슬처럼 동그랗게
대롱거린다

유리 쟁반에 톡 떨어지면
쏟아지는 오색 무지개

비 온 뒤 솔잎에 맺힌 구슬 따다가
실에 꿰어 달아 달라고
어머니 등에서 떼를 썼다

만지면 깨어질 은빛 구슬
손가락 거칠어 못 딴대도
엄마 말 안 듣고 떼를 썼다

그리움

또르르 흐르는 빗물
보고파 흐르는 눈물이 아니야
넓은 바다로 **흘러가기** 위해
주르르 흘리는 거야

참마 감지 못하는 나의 두 눈에
또르르 떨어지는 것은
너를 향해 흘러가는 것은
나의 그리움인 거야

그리움은 사랑으로

소박한 기쁨을 누리고
너는 나에게 그리움이 가득한
존재로 남아 있을까

소박한 꿈이었어도
나는 너에게 그 무엇과도
바꿀 수 없는 존재였다

어수룩한 시작 서투른 사랑
서로 다른 뒤안길에서
작은 기쁨에도 만족해하고

반복되는 일상에서
소소한 즐거움으로
행복이라 여길 수 있는
너그러운 삶

아마도 세월 속에 묻어야 할
사랑이었을까

그리움이 아플 때

눈으로 가슴으로 치밀어 오를 때
그 그리움은 삭신이 녹아내리고
뼈마디가 부서져 나가는
그 그리움이 아픈 것이다

찰나의 시간에도 그 그리움은
불꽃인들 회오리치고 잠시 잠깐의
시간 틀에도 그 그리움이
사람을 미쳐가게 하니
무서운 그리움 아니든가

더 이상은 버틸 수 없는 보고픔
더 이상은 참아 낼 수 없는 애증
혀가 타들어 갈 갈증이 아닌가
그리움의 족쇄가 몸과 마음에
다 채워졌으니 그 얼마나 아픈 그리움인가

눈을 뜨고 감아도 그 그리움 하나로
숨조차 가쁘고 사시사철 흐름 안에서도
잠시도 잊히지 않는 그 그리움을
어찌 참을 수 있겠는가 그 그리움을

기억

어렸을 때 빨리
어른이 되고 싶었지만
지금은 세월이 너무 빨리 간다

눈앞에 보이는 것도
이름이 보이지 않아
꿀 먹은 벙어리가 되고
약봉지를 들고
약을 먹었는지 안 먹었는지
도무지 생각이 나지 않고

냉장고 앞에서 책장 앞에서
내가 왜 여기 왔는지
도무지 생각이 나지 않아
마실 나간 기억을 찾아
기다리며 우두거니 서 있다

세월 따라 나이 들어가면서
나 자신도 이처럼 변할 줄이야

꽃망울

영롱한 예쁜 꽃이 피었다
화사한 빛깔로 휘장을 감고
붉게 터지는 꽃잎

그리움을 보듬고
수천 방울 정갈한 눈물이
어둠을 삭혀 놓았다

아침에 화사하게
꽃망울이 터질 듯이
나를 반기네

나만을 위한 시간

빡빡하게 돌아가는
하루 24시간을

정교하게 재단해
자투리 시간을

오로지 나만을 위한
사색과 자유시간에

더 할애 해야
숨을 쉴 수가 있다

이제는 지치고 지쳤나 보다

나만의 길

세상은 불안정하고
인간은 고통을 피할 수 없는
어려움과 공전하면서

자신이 추구하는
가치 있는 삶을 위해
고독마저 사랑하며
희망의 길을 간다

고통과 어려움을 이겨내고
자연의 섭리처럼 인내하고
기다리면서 모두가 가는
길이 아닌 나만의 길을

나잇값

이제 나이도 한 살 더 먹었으니
삶에 좀 더 유연해지고
인생에 좀 더 너그러워지자

안 되는 일은 불평 없이 잘 넘겨보고
어려운 일은 담대하게 잘 이겨내 보자

걱정 대신 여유를 가져보고
근심 대신 넉넉함을 가져보자

삶에 흔들리며 요동하지 말고 중심을 잡고
목적지를 향해 넉넉함을 가져보자

돌아보지 않는 삶

꽃이여 내 어린 꽃이여
가늠할 수 없는 바람과 비를
마냥 벗으로 맞이하라

구름 꽃잎에 앉아
어둠을 물들인다고
가지를 지나치게 비틀면
시들어 까맣게 잊힌다

마음으로 여는 아침

매미 소리가 요란한 아침
모닝커피를 마시며
그 사람을 마음으로만 그리워한다

내게 이 시간은
고단한 시간의 일과 중에
유일하게 밝은 미소를 주고
활기찬 하루를 열어주는 시간이다

그래서인지 쓰디쓴 커피가
더 달콤한 맛이 나는 이 시간을
유리같이 맑고 투명한 웃음이
반짝반짝 빛이 난다

제5부

참 좋은 당신

모든 사람은

찰나의 소나기 같은 감정으로
한줄기 시원한 감정으로
얼굴에 밀착되어
기분 좋게 스쳐 간다

그렇게 사물도 사람도
나에게 다가왔다가
잠시 머무르다가 떠나간다
본디 내 것은 아무 것도 없었다

인연 되어 왔다가
바람처럼 떠나가고
지나가는 인연 조용한 미소로
담담하게 보내주고

다가오는 인연
정중하게 반겨주고
가장 힘들 때 함께한 사람은
세월이 흘러도 언제나 소중하다

무겁지 않게

함부로 무겁지 않게
멈춰 서있는 것도 과정이라면
못 미더운 생각도 잠시나마 잊자

내 영혼이 쉬자고 하네
푸른 것도 눈에 담고
붉은 것도 눈에 담고
마음에도 빗질이 필요하고

인생이 혼자 하는 여행이라면
홀로 가는 길에
지친 몸이 쉴 수 있게
흔쾌히 돈과 시간을 지불해야지

함부로 외롭지 않게

무릎

오늘따라 칠십 평생
함께한 나의 무릎이

무심한 세월 속에 아픈 줄도 모르고
이제는 아프다고 불평을 하네

모두가 잠든 밤에 혼자
우두거니 앉아 퇴행성
관절염으로 뒤척이는 밤

시큰시큰한 통증으로
손상된 나의 무릎이
이제는 조금 느리게
가자고 속삭이네

물안개

물안개 자욱한 길로
살포시 임의 걸음
내 입술에 내려앉아

환상의 꿈 밭에서
한밤 내내 그리움에
잠 못 이루고

보고 싶은 마음
임의 가는 곳 향해
임 곁으로 가만가만
다가갑니다

배운다는 것

지금 어렵다고 해서
오늘 알지 못한다고 해서
주눅들 필요는 없다

다른 사람의 속도에 신경 쓰지 말자
중요한 건 내가 지금 확실한 목표를 가지고
내가 가진 능력을 잘 나누어서
알맞은 속도로 가고 있다는 것이다

나는 아직 모든 것에 초보자다
나는 현재의 내 나이를 사랑한다
인생의 어둠과 빛이 녹아들어
내 나이의 빛깔로 떠오르는 나를 사랑한다

큰 나무 한 그루가 숲을 이룰 수 없듯이
숲에는 장대 나무는 물론이고 어린나무 잡풀
고사리 버섯 모든 것이 어울려져 살아가고
서로 더불어 한 땀 한 땀 공존하면서 얽혀서 살아간다

붙박이 이별

한 가지만 생각하면
인생은 그다지 나쁘지 않아
모든 것은 지나간다는 것

나만이 할 수 있는 그런 일은 없다
나만이 살 수 있는 삶을 살지 않는다면

우리는 변하지 않는 하나의 틀에 박혀
주위의 변화에도 흔들리지 않는
나만의 붙박이 이별이 필요하다
그 붙박이 이별은 당신의 꿈이다

뿌리 깊은 나무

휩쓰는 바람
숱한 나무마다 흔들어
어린 가지 나약한 잎
세찬 바람에 넘어져도

세월이 무성해지는
처절한 추위에도
모질게 내리쬐는
땡볕에서도

폭풍의 길목마다
흙더미를 쓸어가도
뿌리는 땅속 깊숙이
뿌리 내리고

모두 떠난 빈자리에
돌아올 얼굴을 위해
짙은 염원의 꿈은
사람의 깊은 나무뿌리다

소유욕

내 작은 소유욕으로 욕심을 가지지 마라
그 안에 내 사랑하는
타인도 이미 존재하고 있음이
더 이상 가슴 아파할 것도 없네
내 안에 그가 살고 있음에

주어도 아낌없이 내게 주듯이
보답을 바라지 않는 선한 마음으로
어차피 사랑하는 것조차 그리워하고
기다리고 애태우고 타인에게 건네는
정성까지도 내가 좋아서 하던 일이 아니든가

지금 나의 삶이 간절하다면
나는 여전히 더 멋지게 살 수 있다
나의 삶은 누구보다 아름답다
나 자신이 그걸 간절히 원하기 때문이다

스친 인연

삶의 흐름은 시계추처럼 쉼 없이
들숨 날숨 하듯이 멈추지 않는다

오늘따라 어둠을 삼키고도 모자라
눈물 나게 보고 싶다

스친 인연으로 너울너울 하늘을 날다
한쪽 날개를 잃어 추락하는 아픈 가슴이
전해오기에

까맣게 타들어 가는
그대의 심장 소리 때문일까 벙어리 냉가슴
애만 태우다 잠들지 못하는 밤이다

아름다운 언어

천상에서
쏟아져 내린 언어들

아름다움만
존재하는 이 공간에

대책 없이 안겨 있으면
무엇을 바랄건가
더 바랄 게 없는데

밝은 달은
항상 그 자리에 있으니

아프다고 말할 때

지금 힘든 것은
앞으로 나아가고 있기 때문이고

도망치고 싶은 것은
지금 현실과 싸우고 있기 때문이다

불행한 것은
행복해지기 위해 노력하기 때문이다

그러나 계속 그 길을
걸어가야 한다

여지

같은 말을 하더라도 너그럽게
잘 받아들이는 사람은
마음에 여지가 있는 사람이다

여지란 내 안의 빈자리로 상대가
편히 들어올 수 있는 공간이기도 하다

다툼이나 문제가 발생했을 때
우선 참고 기다리는 것이
좋은 이유는 후회가 남지 않는다

인내는 아름다움이다
인내는 참는다는 것
사람으로서 최고의 배움이다

큰 숨 쉬고 인내하고
반성하고 결과를 보면
참는 것이 후회를 만들지 않기 때문이다

유의미하게

누가 푸르라고 했는가

누가 스미라고 했는가

누가 붉으라고 했는가

조각조각 널브러진 낭만

비 오는 날은

누군가 내 삶을

대신 살아줘도 좋겠다

지지 않는 꽃

파란 새싹이 흙에서 움트듯이
고개를 삐죽 내밀며 봄을 맞이한다
어느새 활짝 피어 버린 꽃
너무나 아름답고 화사하여
두 눈을 들 수가 없다

비가 오고 바람이 불고
어느새 한 잎 두 잎 꽃잎은 떨어져 가고
가슴 한 켠에 무언가가 텅 비어버린 심정
그때는 알지 못하고 영원할 줄만 알았는데

만나서 누구보다 뜨거운 사랑을 하고
미워도 해보고 수없이 다투어 건만
살아온 세월의 정 때문에 사색에 잠긴다

사람들은 언제나 활짝 피어
지지 않는 꽃이라고 말들 하지만
이 세상에 지지 않는 꽃은 없다
다만 그 꽃은 단 한 사람 가슴속에 영원할 뿐

진실의 눈

그리움이기보다는 바라볼수록
느낄 수 있는 좋은 인연이고 싶은
내 마음이 언제나 그대 곁에
머물고 싶은 그대와 나

빛이 없으면 아무것도 볼 수 없듯이
빛이 있어도 볼 수 없는 것이 있다
오히려 눈을 감아야 보이는 것

때로는 현혹되지 않기 위해
눈을 감기도 한다
진실의 눈은 마음으로 볼 수 있으니까

언제나 시작도 끝도 없는
변함없는 모습과 심성이기를 기원하며

참 좋은 당신

사랑은 아름답고 행복한
꽃마차인 줄 알았는데

어느새 감기 몸살처럼
내 마음을 용광로처럼 만들고

갑자기 거센 태풍처럼
가슴속 깊숙이 상처를 준다

사랑은 너무나 무책임하다
나 혼자서 이겨낼 수 있을 만큼만
사랑하고 싶다

책과 사람

공감하지 못하는 천 권의 책을 읽는 것보다
마음에 와닿는 한 권의 책을 읽는 것이
인생의 전환점이 되는 것처럼

수많은 사람을 만나기보다는
마음이 통하는 한 명의 친구가
더 소중하다고 믿으며 살아왔다

그 때문에 주의의 친구가 많은 편은 아니지만
내 삶에 영양을 준 나의 친구들은
누구랄 것 없이 모두가 소중하다

침묵할 줄 아는 사람

말없이 바라만 보아도 깊어가는 사랑
사랑하는 이가 마음을 아프게 했을 때
아무 말 없이 침묵하는 사람은
진정 아름다운 사람이다

마음으로 사랑하는 이의
마음을 살필 수 있다는 것은
그만큼 사랑을 안다는 것

침묵은 진정으로 사랑하기 때문에
다툼으로 오는 어떤 아픔도
원하지 않고 말하지 않아도
그 사람에게 진정 잘 전달 것이다

사랑의 아픔은 오해를 풀어보려고 하면
더욱 엉켜서 마음을 아프게 한다
어느 순간 진심을 이해할 때까지
침묵은 어떤 말보다 설득력이 있다

품위

글을 아무리 잘 쓰는 사람도
말을 아무리 잘하는 사람도
그 특성이 품위를 대변하지는 않는다

중요한 것은 그 사람이 가진 품위다
내면이 근사한 사람은 그 빛을 감추지 못하고
언어는 곧 그 사람의 품위를 결정한다

내면에 중심이 없다면 흔들리기 쉽다
그 사람의 일상에서 발하는 빛을
품위라고 한다

말하는 모습과 태도를 바로 하고
표현의 수준을 높이며 내면의 중심적인
언어가 품위 위트가 있는 제스처 등이다

혜안

희망을 찾아 사색을 통하여
사람은 사회적 존재감과 더불어
사는 울타리가 얼마나 소중한지

다만 자신의 선택을 믿고
현실을 부정하지 않고
보이지 않는 것을 볼 줄 아는 혜안

눈 앞에 펼쳐진 막막하고 거대하게만
느껴지는 암벽을 기어오르듯
차근차근 오르다 보면 어느새 벽을 넘어
푸른 광야를 만나게 된다

벽 앞에서 좌절하지 않는 삶
미래는 사람을 가리지 않는다
보이지 않는 삶의 희망도
보이지 않는 것을 볼 줄 아는 혜안
각자의 생존이고 희망이다

삶에 대한 깨달음을 찾는 배움 여행
- 조미남 두 번째 시집 『혜화동 달무리』

최 봉 희(시조시인, 평론가, 글벗 편집주간)

"아무리 작은 것이라도 만들지 않으면 얻을 수 없고, 아무리 총명해도 배우지 않으면 깨닫지 못한다. 노력과 배움, 이것이 없이는 인생을 밝힐 수 없다."

이 글은 장자의 말이다. 한마디로 지금 내 노력이 없다면 이 세상은 결코 아름다워질 수 없다는 의미다.
조미남 시를 처음 만날 때마다 떠오른 이미지는 끊임없는 배움과 탐구, 그리고 그에 대한 깨달음이다. 그의 시에는 우리가 만나는 대상에 대한 좋은 생각들로 가득하다.

다사다난했던 시간 속에
우리는 세월을 타고

인생은 추억을 싣고
노를 저어 새로운
여행지로 향해 떠나고 있다
- 시 「겨울비」 전문

시인이 말하는 것처럼 인생은 하나의 여행이다. 다사다난했던 세월 속에서 인생은 추억을 갖고 노를 저어 새로운 여행지로 떠나가는 것이다. 그런데 그 여행은 막연한 즐거움만이 있는 그런 여행은 결코 아니다. 한마디로 삶에 대한 깨달음을 찾는 배움 여행이다.

> 다른 사람의 속도에 신경 쓰지 말자
> 중요한 건 내가 지금 확실한 목표를 가지고
> 내가 가진 능력을 잘 나누어서
> 알맞은 속도로 가고 있다는 것이다
>
> 나는 아직 모든 것에 초보자다
> 나는 현재의 내 나이를 사랑한다
> 인생의 어둠과 빛이 녹아들어
> 내 나이의 빛깔로 떠오르는 나를 사랑한다
>
> 큰 나무 한 그루가 숲을 이룰 수 없듯이
> 숲에는 장대 나무는 물론이고 어린나무 잡풀
> 고사리 버섯 모든 것이 어울려져 살아가고
> 서로 더불어 한 땀 한 땀 공존하면서 얽혀서 살아간다
> – 시 「배운다는 것」 일부

배움이란 무엇일까? 지금이 어렵고 모른다고 해서 주눅 드는 것이 아니라 확실한 목표를 세우고 나를 사랑하는 일이다. 더불어 이웃과 마음을 열고 지혜로운 사람들의 좋은

생각을 순결한 마음으로 받아들이는 것이 배움이다. 또한 삶에는 확실한 목표와 알맞은 속도가 필요하다. 삶의 목표가 분명하고 자신과 이웃에 대한 사랑의 어울림이 있다면 두려움이 사라지고 끝까지 나아가는 힘이 생긴다. 인생에서 공존은 필수다. 인생은 혼자 살 수가 없다. 나무처럼 말이다.

인간은 변화를 통해서만 새로워지고 젊어진다. 나이가 들면 외적인 변화, 강제적인 변화를 맞는다. 하지만 마음에서 우러나오는 변화만이 인간을 새롭게 한다. 더욱더 젊게 한다. 우리에게는 새로움과 자유에 대한 갈망이 있다. 그래서 더욱 노력해야 한다. 나이가 들어도 새로움에 대한 기대를 저버리지 않는다면 그는 언제나 젊음이다.

사랑도 그리움도 사라진
인생 나이 육십이 훌쩍 넘어서면
얽매인 삶 풀어놓고 여유로움에
노을 진 나이에 자유를 찾아
기쁨도 누리고 건강도 하여

술 한 잔 속에 정도 나누며
젊음의 의욕 넘치는 활력으로
산과 바다에도 가고
함께 여행할 수 있는 여정
황혼의 나이에

칠순을 바라보는 나이에도
언제 어느 때나 만날 수 있는
남은 세월 가꾸어 갈 수 있는
그런 벗과 함께할 수 있다면
즐거움과 행복한 삶이지 않을까
－시 「노년의 벗」 전문

 칠순의 나이에 행복은 사람과 사람 사이에서 만들어지기
에 우리가 홀로 있을 때보다 다른 사람과 함께 할 때 기쁨
과 행복을 느낄 수 있다. 한마디로 동행의 기쁨이다. 사람
과 사람 사이에는 서로를 그리워하는 행복은 물론 서로 마
주하며 함께 살아가는 기쁨도 있다. 옆에서 나란히 길을
걸을 때 찾아오는 평안과 앞에서 걷거나 뒤에서 따를 때도
알 수 없는 기쁨이 있다.
 문학 인생은 더욱 그렇다. 생각의 자유를 찾는 여행이다.
황혼의 나이에 산과 바다에도 가고 글을 쓰는 벗들과 함께
하는 깨달음의 여행은 아름다운 여행이고 의미있는 여행이
리라.
 행복은 결코 돈이 아니다. 행복은 관계의 기쁨이다. 그런
의미에서 시인은 노년의 때는 사람을 추구해야 하고 사람
을 사랑해야 한다는 사실을 깨닫는다.
 그런 의미에서 조미남 시인은 인생을 도전과 배움 여행이
라는 삶의 깨달음을 간파한다.

세상에 쉬운 걸음은 없다
무슨 일이든지 첫걸음이 어렵다
나이 60이 넘어 새로운 도전을 한다

항상 새로운 마음으로
제 한 몸 불꽃처럼 열성적인 마음으로
열심히 글도 쓰고 공부도 하면서
무엇이든지 배우는 즐거움
– 시 「쉬운 것은 없다」 일부

　배움은 나를 채우기 위함이다. 더 높은 곳에 올라가고 더 멀리 가기 위함이다. 하지만 그 길은 쉽지 않다. 배움에는 끝이 없는 것처럼 열성이 필요하다. 아무리 채워도 부족하다. 열정은 물론 배우는 즐거움을 만끽해야 한다. 특별히 문학을 배우는 여행은 더욱 더 그렇다. 삶의 깨달음을 찾는 문학 여행은 그리 쉽지 않다.

다툼이나 문제가 발생했을 때
우선 참고 기다리는 것이
좋은 이유는 후회가 남지 않는다

인내는 아름다움이다
인내는 참는다는 것
사람으로서 최고의 배움이다
– 시 「여지」 일부

시인은 삶에는 인내가 필요하다고 강조한다. 인내란 있는 그대로를 유지하거나 멈춘 상태가 아니다. 계속해서 변화를 통해 그 일의 가치와 의미를 끝까지 찾아내는 끈질김을 말한다. 그런 의미에서 조미남 시인의 인생은 인내를 통해서 그 일의 본질에 끊임없이 접근하고 있다. 시인은 인내는 아름다움이며 사람으로서 최고의 배움이라고 말한다.

문학은 겸손이 필요한 배움이다. 그 속에 체험이 담겨 있고 진실이 담겨 있어야 한다. 그러기 위해서는 열린 마음이 필수적이다. 마음이 열려야 다른 사람이 내게 들어올 수 있기 때문이다. 다른 사람이 내게 들어오려면 생각의 절제와 적절한 인내가 필요하다. 시인이 간파한 것처럼 문학은 참고 기다리는 여지가 있어야 한다. 그것이 최고의 배움이다. 성급하게 서둘다가 보면 낭패를 만나기도 한다. 참는 것이 후회를 만들지 않는다.

> 공감하지 못하는 천 권의 책을 읽는 것보다
> 마음에 와닿는 한 권의 책을 읽는 것이
> 인생의 전환점이 되는 것처럼
>
> 수많은 사람을 만나기보다는
> 마음이 통하는 한 명의 친구가
> 더 소중하다고 믿으며 살아왔다
> - 시 「책과 사람」 일부

시인은 그 여지를 독서와 친구로 채우라고 권하고 있다. 독서를 많이 하면 마음이 깊어지기 때문이요 친구를 만나면 생각 나눔이 풍성해진다. 그렇게 담론을 즐길 수 있다. 한마디로 재치 있고 지혜로운 사람이 되는 것이다.

가장 현명한 사람은 배움을 실천하는 삶이다. 그런 의미에서 독서에서 글쓰기로 인생이 전환한다.

조미남 시인은 지금도 배움을 끊임없이 실천하는 사람이다. 그 배움은 멋진 인생으로 나아가는 지름길이고 행복의 길인 것이다.

> 내 인생은 나의 것
> 멋진 인생은 뜻대로 되지 않아
> 내가 만든다
>
> 정말로 내가 하고 싶은 것이
> 무엇인지 생각하고
> 지금 바로 실행하라
>
> 지금 창조하는 모습이
> 나의 미래의 모습
> 동화 속에 순수한
> 멋진 인생을 꿈꾼다
> – 시 「멋진 인생」 일부

시인에게 절실한 것은 배움이다. 많이 아는 것은 좋은 일

이다. 그 지식을 토대로 해야 할 목표를 뚜렷이 정하는 것
은 더 좋은 일이다.

 글쓰기는 생각을 정리하는 일이다. 우리를 정확한 사람으
로 만든다. 그런데 이런 배움에는 반드시 동행하는 벗이
필요하다. 더욱이 나이가 든 노년에는 더욱 더 그렇다.

    중요한 건
    나 스스로 선택해서
    한 사람 것만 읽고 배우며
    깨닫고 성장하는 과정에서

    내가 믿고 신뢰하는 사람의 말을
    잘 경청하고 집중해서 읽고
    그중에서 핵심적인 내용을 일상에서
    그대로 실천하고 노력하면 된다

    인생은 결국 그 소중한 사람을 만드는
    일상 속의 사랑이 빚는 예술이다

    나는 언제나 혼자가 아님을…
    – 시 「사랑이 빚는 예술」 일부

 조미남 시인의 멋진 인생은 아는 배움에 멈추지 않는다.
내 삶 가운데 절실하게 마주할 자신만의 일을 찾고 있다.
그리고 그 일을 실천하려고 한다. 지금 자신이 매일 시를
쓰는 일이 어쩌면 멋진 인생의 한 부분이다. 시인의 말처

럼 인생은 결국 그 소중한 사람을 만드는 일상 속의 사랑이 빚는 예술이다.

정말 소중한 것은 인생을 스스로 터득하는 지혜다. 말문이 열리고, 키가 자라고, 사랑하고 고통도 받아들이고 아름다움을 느끼는 것은 누가 가르쳐 주는 것이 아니다. 이러한 것들은 스스로 느끼고 깨달으며 가슴에 쌓아가는 것이다.

이것이 내 몸에 독이 된다면
목숨의 한 귀퉁이 떼어주고
이것이 혹시라도 약이 된다면
묵혀둔 먹빛 울음 타서 마시리
주전자에 두어 컵 순수한 물이 끓고
나는 지금 껍질 채 가라앉고 있다
– 시 「물보다 가슴이 먼저 끓는다」 전문

인생에 대한 멋진 표현이다. 오늘의 인생이 힘들고 괴롭지만 시 쓰기라는 먹빛 울음을 마음껏 풀어 놓는다. 시 한 편이 탄생하기 전에 내 심장이 먼저 펄펄 뛰는 법이다. 생각의 침전물이 심연의 밑바닥에 가라앉으면 다시금 펜을 든다.

삶이란 생명을 갖는 것이다. 그러므로 문학은 한 사람 한 사람이 품는 그리움의 역사이자 희망의 기록이다. 그로 말미암아 이 세상에 가치를 더하는 것이 아닐까?

내가 가는 길모퉁이
쏘옥 내민 그리움이여
나는 무엇이 그리운 걸까

나는 무엇을 바라는 걸까
나의 외로움까지 먼저 알아채는
고독한 한 사람이 그리운 거지

그의 심장은 한없이 따뜻해서
안겨도 춥지 않으리라
그리움으로 시작해서
기다림으로 문 닫는다
– 시 「그리움」 전문

　이 삶을 아름답게 하는 가장 좋은 방법은 많은 것을 그리움으로 사랑하는 것이다. 따뜻한 사랑이 있는 심장은 춥지 않다. 그리움으로 시작해서 그리움으로 글을 쓰는 것이다.
　나이가 든다는 것은 무언가가 내 곁을 떠난다는 의미가 아니라 사랑과 덕을 더 쌓았다는 의미다. 삶의 질곡을 지나는 동안 그 안에는 수많은 그리움과 사랑이 있다. 힘과 기술로 연주하던 인생을 이제는 사랑과 고백으로 삶을 연주하기까지는 많은 시간이 걸린다.
　오래된 추억과 아름다움은 하루아침에 이루어진 것이 아니다.

어수룩한 시작 서투른 사랑
서로 다른 뒤안길에서
작은 기쁨에도 만족해하고

반복되는 일상에서
소소한 즐거움으로
행복이라 여길 수 있는
너그러운 삶

아마도 세월 속에 묻어야 할
사랑이었을까
– 시 「그리움이 사랑으로」 일부

삶의 결론은 우리 안에 너그러운 사랑이 있다면 우리의
삶은 이미 승리하고 성공한 삶이라는 것이다. 작은 기쁨에
도 만족하고 작은 즐거움에서도 행복하게 느끼는 삶이다.

세상 속에 내가 있다
세상은
내가 어떻게 보느냐에 따라
아름다울 수도 있고 아닐 수도 있다
매 순간 삶을 의식하고 감사하라
시각을 바꾸면 삶이 아름다워진다
– 시 「사명 선언」 전문

내가 사는 세상에서 글은 사랑하는 마음으로 써야 한다.

다시 말해 긍정의 마음으로 바라보라는 것이다. 자신의 삶을 아끼고 다른 사람의 삶을 사랑하는 마음, 감사의 마음으로 글을 쓰면 누구나 좋은 글을 쓸 수 있다.

조미남 시인은 긍정의 시각으로 행복을 바라보라고 말한다. 이를 인생의 사명으로 생각한다. 시각을 바꾸면 삶이 아름다워지는 법이다.

그리하려면 무엇보다도 머리가 아닌 가슴으로 말해야 한다. 시인의 사명이다. 나의 노력이 누군가를 기쁘게 한다는 생각으로 사랑이 가슴에 스며들면 그때부터는 모든 것이 다 즐거워지는 법이다. 이것이 행복이 아닐까?

필자가 회장으로 있는 글벗문학회의 사명은 '아름다운 글로 행복한 세상'을 꿈꾸는 것이다.

> 새로운 도전을 시작하려는 나에게
> 실패를 두려워하지 않는 나에게
> 또다시 용기를 내려는 나에게
>
> 호기심을 갖고 디테일하게
> 꾸준함을 실천하려는 나에게
> 행운이 함께 하기를
>
> 개강이 코 앞이다
> 또 달리고 달려야지
> – 「새로운 도전」 전문

우리는 바라는 것만큼 성장한다. 삶이라는 늘 먼 곳, 더 높은 이상을 두어야 한다. 미래의 창을 열어 놓아야 한다. 능력이란 이렇게 이상을 따라서 제자리에 머물기도 하고 더 자라기도 한다.

꿈을 가져라
깨져도 그 조각이 크다
여유가 없어서 너무 나이가 많아서
시간이 없어서 이유는 참 많다

(중략)

묻어버리기에는 아까운
간직했던 꿈을 과감하게
끄집어내 당장 작은 것부터
하나씩 하나씩 이루다 보면

시간이 흘러 어느새 꿈이
눈앞에 보인다
도전하지 않고 노력이 없이는
아무것도 이루어질 수 없다는 것을
  ― 시 「꿈을 가져라」 전문

길이 보이지 않을 때는 꿈부터 찾아야 한다. 그러나 그 꿈은 먼 미래를 향한 꿈이 아니라 지금 당장 나를 일으킬 수 있는 오늘의 꿈이어야 한다. 조미남 시인의 시에 '도전'이라는 말이 자주 등장한다. 현재의 꿈이란 한발 앞으로 내딛는 용기이고 삶에 대한 정직이고 성실한 자세다. 지금의 자신을 돌보고 가꾸는 일이다. 그런 의미에서 조미남 시인의 삶에는 미래가 보인다. 왜냐하면 하루하루를 성실하게 살아가는 도전의 모습이 보이기 때문이다.

사람의 눈과 입은 참 중요하다. 눈과 입을 통해서 그 사람의 현재와 미래를 읽을 수 있다.

물안개 자욱한 길로
살포시 임의 걸음
내 입술에 내려앉아

환상의 꿈밭에서
한밤 내내 그리움에
잠 못 이루고

보고 싶은 마음
임의 가는 곳 향해
임의 곁으로 가만가만
다가갑니다
– 시 「임」 전문

물안개 자욱한 길에 사랑의 시가 내 입술에 내려앉으면 그리움은 가슴 뛰는 설렘으로 잠 못 이루고 결국은 보고싶은 마음을 담은 시가 한 편 탄생하는 것이다.

사람의 목소리는 그 사람의 의지와 능력을 보여준다. 그 입에서 나오는 언어를 자세히 살펴보라. 사용하는 단어나 내용, 언어의 강약, 표정, 진정성을 살펴보면 그 사람의 삶을 엿볼 수 있다.

    자신이 추구하는
    가치 있는 삶을 위해
    고독마저 사랑하며
    희망의 길을 간다

    고통과 어려움을 이겨내고
    자연의 섭리처럼 인내하고
    기다리면서 모두가 가는
    길이 아닌 나만의 길을
    – 시 「나만의 길」 일부

  시 「나만의 길」은 조미남 시인의 철학이 담긴 시다. 세
상이 힘들고 어려워도 자신만의 가치를 위해 고독마저 사
랑하겠다고 한다. 그것이 곧 희망의 길이라고 했다. 고통과
어려움을 이겨내고 자연의 섭리처럼 인내하는 삶, 그리고
나만의 길을 걸어가겠다는 시인의 의지가 분명하다.

    말과 행동이 화려해지는 것을 경계하라
    그것은 때론 무능의 증거가 되기 때문이다
    약한 것은 강해지고 작은 것은 결국 성장한다

    순리를 따르면 모든 것이 편안해진다
    나의 선택 나의 책임 겸손
    말을 할 때와 닫아야 할 때를 구별할 줄 알면

내 삶 또한 괜찮은 삶이다

말과 행동 입을 닫는 절제 입을 닫고
때를 기다리는 자세
삶이 열린다
상처 입은 나무가 단단한 법이다
세상이 네게만 모진 거라고
생각하지 마라
다 그만한 이유가 있을 것이다
- 시 「삶을 아름답게」 전문

어리석은 사람은 자신의 지식과 능력이 대단하다고 생각하여 이를 자랑한다. 하지만 지혜로운 사람은 자신이 얼마나 어리석고 부족한지를 알고 있다. 언제 어디서나 초심의 마음으로 무엇이든 배우려 한다. 바로 배움의 지혜다. 배울수록 지식의 세계는 넓고 자신은 부족해 보인다. 지식의 세계는 우주처럼 넓고 우리는 우주에 사는 작은 존재일 뿐입니다.

우리는 태어나서 죽을 때까지 배워야 한다. 이런 자세야말로 삶의 질을 높이는 가장 확실한 방법입니다.

혼돈의 팬데믹 상황에서
코로나19는 보이지 않지만
그의 충격은 여실히 목격되고 있다

월세를 못 내는 자영업자의 눈물
직업을 잃은 가장의 처진 어깨
실적 압박을 견뎌야 하는 한숨 소리

코로나 시대에 살아가는 것이 아니라
살아내는 시간이었다
경제의 전환이 빠르게 변하고 있다

세상의 중요한 업적 중
대부분은 보이지 않는 상황에서도
끊임없이 도전한 사람들이 이룬 것이다
- 시 「변화의 전환」

창의적인 사람은 유연성을 갖고 있다. 아울러 일상에서 자주 멀리 떠날수록 우리는 얽매임과 위선, 가식에서 벗어날 수 있다. 세상이 변화하고 전환이 빠른 시간 상황에서도 끊임없는 도전은 아름답다.

조미남 시인은 오늘도 끊임없는 배움 속에서 도전의 삶을 살고 있다. 그 도전의 삶 속에는 사랑이 담겨 있다. 그래서 한 사람의 인생은 그 사람의 사랑을 담은 역사라고 할 수 있다. 우리는 사랑이 있기에 살고 있는 것이다. 다시 말해 사랑이 인생인 것이다. 사랑이 없다면 태어날 수도 없고, 앞으로 더 살아갈 수 없는 법이다.

이제 글을 마무리하고자 한다. 조미남 시의 특징은 인생을 배움의 여행을 통한 도전의 역사, 사랑의 역사로 바라보고 있다는 점이다. 그렇게 할 때 건강하고 행복한 삶을 살 수 있기에 삶의 깨달음을 찾는 배움의 여행은 계속되고 있다.

> 내가 누군가 필요할 때
> 나를 위로해 주고
> 당신이 외로울 때 마음 안에
> 가득히 남겨지는 예쁜 모습으로
>
> 세월이 변하고
> 우리의 모습이 변해도
> 서로가 배려하면서
> 만족과 행복으로 미소 짓는
> 당신과 나 사랑합니다
> - 시 「사랑합니다」 일부

시에 등장하는 시어처럼 핵심은 "사랑합니다", "감사합니다."이다. 이 시에 나타난 것처럼 이 한마디가 없었다면 인류는 이미 이 세상에 없을 것이다. 어쩌면 무미건조한 삶을 살고 있을 것이다. "사랑했다.", "고마웠다." 이 한마디가 삶 전체를 아름답게 한다. 이 한마디를 깨닫기 위해 배우고 일하면서 사랑하고 살아가는 우리다.

감사를 아는 사람에게는 다른 것을 요구하지 않는다. 감사하다는 것은 삶을 깊이 이해하고 있다는 의미이다.

머리에는 지혜를
얼굴에는 미소를
가슴에는 사랑을

단점에는 좌절하지 말고
열심히 노력해서
장점으로 승화시키는

당당한 모습으로
아름답게 살아요
– 시 「아름답게 살아요」 전문

사람은 누구나 자기 방식으로 삶을 완성하려고 한다. 그
리고 그것을 위해 날마다 애태우며 노력한다. 하지만 인간
은 심히 연약하고 작은 존재다. 모든 일에 부족하고 실수
투성이다. 그러나 여기에 인간의 아름다움이 있다. 한계를
인정하고 그 안에서 배움을 통해 최상의 아름다움을 찾아
내려고 하기 때문이다.

오늘의 실패가 있었기에
지금 힘겨운 소통을 이겨내고
내가 받고 있는 멸시와 비난이
얼마나 아픔의 큰 상처인 줄 알기에

(중략)

앞으로 실력을 높이면서
남에게 불평불만을 하지 않을 터인데
내 앞날이 더욱 빛나 나를 더욱 성숙시켜
자존감이 당당하게 피어나 만족할 줄 아는
지혜가 이성에 따른 행복이다

세상에서 강제할 수 없는 두 가지가 있다
존경과 사랑이다
– 시 「시절 인연」

 머리에는 지혜를 지니고 얼굴에는 미소를 띠면서 가슴에는 사랑을 담은 삶, 단점에는 좌절하지 말고 열심히 노력해서 장점으로 승화시키는 노력, 그래서 완성과 성숙은 절대적인 것이 아니다. 부족한 인간이 완성과 성숙을 향해 가는 최선의 노력, 그 과정이야말로 인간을 귀하고 아름답게 하는 삶이 아닐까 한다.
 조미남 시인은 수없이 넘어지고 쓰러지는 큰 아픔도 있지만 끝내 자신을 어떻게 하든 성숙시키고 완성하려고 한다. 자신이 거처하는 혜화동의 달무리처럼 미완성이 완성을 위해 나아가는 것이다.
 조미남 시인에게 흔들리지 않는 배움의 길이란 가장 소중한 길이라고 말한다. 시인으로서 많은 시집을 읽고, 늦으나마 어려움을 무릅쓰고 학구에 열중하는 삶, 그 삶이 진정 존경스럽다. 평생의 소원이던 만학의 길에 얻어진 소중한 보물은 어쩌면 시인이 된 것은 아닐까? 녹슬지 않는 학문이라면 그 빛나는 시인의 길의 여정에서 멈추지 말아야 한다. 그 노력의 대가를 서슴없이 말하고 표현해야 한다.

조미남 시인의 삶은 한마디로 배움의 여행이다. 그가 시를 쓰는 목적은 상처받은 인간성의 회복과 자연에 대한 아름다운 감동을 전하는 것이 아닐까? 함축된 언어로 이 공감을 다른 이와 나누고 싶은 것은 아니까? 그 나눔은 시인에게 삶의 깨달음 찾는 배움 여행이리라. 그 배움은 시인에게 곧 행복일 것이다.

다시금 조미남 시인의 두 번째 시집 『혜화동 달무리』 출간을 진심으로 축하한다. 앞으로도 많은 독자들이 배움이 있는 아름다운 문학 여행에 초대되어 동참하기를 소망한다. 시인의 건승과 건강을 기원한다.

■ 글벗시선 174 조미남 두 번째 시집

혜화동 달무리

인 쇄 일 2022년 10월 7일
발 행 일 2022년 10월 7일
지 은 이 조 미 남
펴 낸 이 한 주 희
펴 낸 곳 도서출판 글벗
출판등록 2007. 10. 29(제406-2007-100호)
주   소 경기도 파주시 와석순환로 16,(야당동)
         롯데캐슬파크타운 905동 1104호
홈페이지 http://guelbut.co.kr
E-mail   juhee6305@hanmail.net
전화번호 031-957-1461
팩   스 031-957-7319
가   격 12,000원
I S B N 978-89-6533-224-4 04810

* 잘못된 책은 바꿔 드립니다.